MELANY DE ISABEAU

LIEBE UND SEX

Gemeinsam die Liebe erleben

© 2021, Melany de Isabeau
Herstellung und Verlag:
BoD – Books on Demand,
Norderstedt
ISBN: 9783754311028

Liebe und Sex

Du liegst neben mir, bist ganz ruhig und atmest langsam und entspannt. Ich drehe mich je zu dir und sehe nur deine Rückenseite, die vom Mondschein, welches je durch das Fenster direkt auf unser Bett fällt, angestrahlt wird. Mein Grinsen umspielt meinen Mund als ich sehe, in welcher Pose du neben mir liegst. Deine Arme hast du um dein Kissen je geschlungen, deine Bettdecke bedeckte nur noch dein linkes Bein, während je dein rechtes die Decke zwischen deinen Beinen einklemmt. Doch das ist es nicht, wieso ich je grinsen muss. So liegst du immer und es ist je nichts Neues für mich. Nein. Wieso ich mir ein Lachen verkneifen muss, ist die

Tatsache, dass dir dein Nachthemd, welches schwarz und je mit Spitze besetzt ist und mich immer um den Verstand bringst, wenn du es abends auf dem Sofa bereits an hast, bis über die Hüfte hochgerutscht ist und mir somit einen hervorragenden Blick auf den schönsten Hintern der Welt preis gibst. Du bist so schön, wenn du je schläfst. So friedlich und ruhig. Ich rücke ein bisschen näher an dich heran und schmiegte meinen Körper von hinten an deinen. Du bemerkst es gar nicht und schläfst ruhig weiter. Ich lege meinen Arm um dich und ziehe dich noch ein Stückchen näher an mich. Tief einatmend drücke ich je mein Gesicht in dein langes braunes Haar, welches sich wie Seide über deinen Rücken und das Bett ergießt. Gott wie sehr ich dich liebe. Sanft streiche ich dir je das Haar aus dem

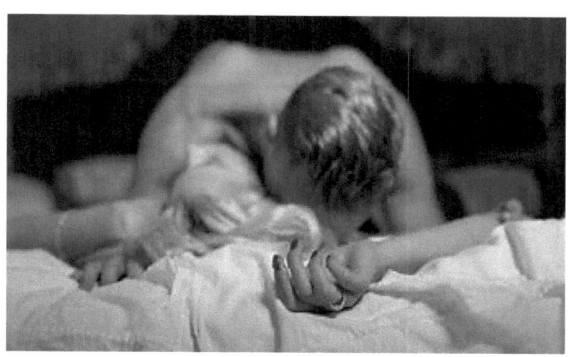

Nacken und kann mich kaum zügeln, als ich dich zärtlich auf dieses kleine bisschen Haut küsse. Du seufzt leise in das Kissen, als du das spürst, doch wachst du nicht auf. Ich löse meinen Arm aus unsere Umarmung und ich streichle behutsam über deinen nackten Hintern, der sich so verfüherisch gegen mich je drückt. Wie von selbst winkelst du dein rechtes Bein an und legst dich halb auf deine decke. Das du mir so deine je perfekten Backen direkt hinhälst, bemerkst du kaum. Ich küsse weiter deinen Hals, aber nur ganz sanft, ich will nämlich gar nicht, dass du davon aufwachst. Hin und wieder lasse ich meine Zunge über deine Haut fahren und stupse mit meiner Nase gegen deine je weichen Ohrläppchen. Du nuschelst irgentetwas vor dich hin und rührst dich nur ein kleines Bisschen. Mit einem Grinsen lasse ich je meine Hand von hinten zwischen deine Beine fahren. Ich streiche langsam und behutsam über den Stoff deines Tangas und schnell finde je schnell und gezielt deine kleine Perle.Vorsichtig beginne ich sie hin und her zu reiben und ich spüre, wie du nun deine Muskeln je anspannst. Ich mache weiter damit und weiß, dass du nicht mehr lange schlafen wirst. Ich küsse dich wieder am Hals, diesmal jedoch etwas fester und bewegte meine Hand jetzt etwas schneller. Dein eigenes Stöhnen entreißt dich schließlich deinem Schlaf und du drehst leicht den Kopf je in meine Richtung. Mit verschlafenen wunderschönen grünen Augen siehst du mich an, während sich ein leises kaum hörbares Stöhnen über deine Lippen schleicht.

Schatz?", fragte ich flüsternd, doch du grinst mich je nur an und drückst zärtlich deine Lippen auf meine.

Ich hatte so tief geschlafen, dass ich mich für einen Moment erst wiederfinden muss.. Das Gefühl deiner Hand nun zwischen meinen Beinen ist unverkennbar und ich liebe es, wenn du mich dort berührst. Gezielt reibst du meinen Kitzler und ich kann nicht anders, als mich nun deinen Künsten je vollkommen hinzugeben. Deine Lippen, die du nun auf meine drückst sind herrlich weich und ich genieße je deinen Kuss und deine Zunge, die leicht gierig in meinen Mund fährt. Als du dich von unserem Kuss löst und mir in die Augen blickst, glaube ich, mein Herz würde schmelzen. Dieser Mann je vor mir ist so schön. Das mittellange jedoch schwarze Haar ist strubbig und je genau so wie ich es so liebe. Wie von selbst fahren je meine Hände in es hinein und vergraben sich nun in der je schwarzen Tiefe. „Ich liebe dich", hauchst du mir zu und ich kann nicht anders, als dich wieder an meine Lippen zu ziehen und dich erneut zu küssen. Mein Körper fühlt sich eigenartig schlaff an, was daran liegen muss, dass ich noch vor einigen Minuten tief und fest geschlafen habe. Und deine Hand führt diese heißen und erregenden Bewegungen immer weiter fort. Meine Gedanken vernebeln sich und ich spüre, wie der Schlaf selbst in dieser Position, seine Finger nach mir ausstreckt. Als je der Kuss endet dreht sich mein Kopf von selbst zurück und drückt sich in das Kissen, so wie zuvor. Doch dieses scheint dich nicht zu stören,denn anstatt mich auf die Lippen zu küssen lässt du je, deine Zunge gekonnt über meine Haut gleiten.Du knabberst nun verräterisch an meinen Ohrläppchen

10

und du weißt, dass mich das wahnsinnig macht, weil es sich so gut anfühlt. Ich weigere mich,wieder einzu-
schlafen, doch schaffe ich es nicht,
mich je wieder, zu dir, umzudrehen.

Dann veränderst du deine Berührungen an meiner Haut und ich spüre, wie nun deine Hand unter den Stoff meiner Unterwäsche schiebst und du sie einfach beiseiteschiebst.

Der Schlaf hat dich wohl noch sehr in der Hand, als ich nun deine Unterwäsche beiseiteschiebe und mir so den langersehnten Kontakt mit deiner Haut verschaffe. Ich lasse je meine Fingerkuppen leicht über deine Haut streichen und fluche innerlich, weil du so glatt rasiert bist, dass ich meine Zunge nun kaum bändigen kann. Sie wünscht sich nun sehr, sich eben, auf diese weiche Stelle je drücken zu können. Ich finde deine Perle schnell wieder und drücke meine Finger mit etwas Druck auf sie. Du stöhnst je in dein Kissen, schaffst es nicht, den Kopf so weit zu drehen um mich anzusehen. Ich küsse dich wieder, auf deine Wange, deinen Hals und deinen Nacken und bemerke doch, dass du kaum merklich deine Hüfte bewegst und dich an meinen Fingern reibst. Du findest den Kontakt zu meiner Haut. Blind tastest du meine Brust ab und wanderst gezielt tiefer. Mit nun je, geschickten Fingern greifst du in meine Schorts und ich atme nun tief durch, als du mich umfasst. Ich bemerkte deine Überraschung als du meine Härte unter deiner Hand spürst und du beginnst sie zu massieren. Ich lege meinen Kopf, in deinen Nacken und gebe mich voll deinen talentierten Händen hin, wie sie mich je in einem gleichmäßigen Rhythmus nun massieren. „Oh", Baby", bringe ich leise über meine Lippen um mir ein Stöhnen zu verkneifen. Meine Finger reizen noch immer je deinen Kitzler,

doch jetzt reicht mir das auch nicht mehr und ich führe sie ein Stück zurück und lasse einen von ihnen sanft in dich eindringen. Oh, Himmel, wie kannst du mich je, nur so anmachen? Dem Schlaf jedoch noch immer in den Krallen, kann ich kaum glauben, dass du so feucht sein kannst. Schnell wandert ein zweiter Finger in dich und du stöhnst nun lauter, als ich sie in dir bewege.Ich weiß genau welche Stellen ich in dir reizen muss, enenso wie du es gerade mit deiner Hand in meinen Shorts tust. Wir kennen uns einfach zu gut. Ich spüre, wie du dich in meine Finger enger ziehst, doch ich höre nicht damit auf, sie in dich zu stoßen und sie von innen gegen dich zu drücken.

Ich fühle mich total fortgerissen, da ich nur noch deine Finger je in mir spüre. Der Rest meines Verstandes scheint noch zu schlafen und weigert sich aufzuwachen. Einzig und allein die Erregung in mir rührt sich und ich kann gar nicht anders als immer wieder je ein Stöhnen, über meine Lippen zu schicken. Wieso hast du eine solche Macht über mich? Das sollte mir Angst machen, weil mich du mich einfach so gut kennst. Doch das macht es nicht. Ich liebe es, wenn du diese Dinge mit mir tust,vor allen, wenn du genau weißt, was ich mag. Genüsslich gebe ich mich nun weiter deinen Fingern hin und verstärke nun meinen Griff an dich. Ein bisschen Macht habe ich auch über dich. Und ich mag das Gefühl, dich in der Hand zu haben. Wortwörtlich. Meine Augen sind noch immer geschlossen und sowohl du als auch der Schlaf zerren an mir. Es kommt mir je vor, als sei es nicht mein eigener Körper der spürt, das dir meine Unterwäsche, wie es aussieht, lästig geworden ist und du sie mir nun komplett auszieht. Ich spreize meine Beine je ein bisschen mehr für dich, doch du drehst mich weiter auf den Bauch und schiebst deine Finger wieder in mich. Alles in meinem Körper spannt sich an und ich stöhne fast lautlos in das Kissen, in welchem ich je mein Gesicht vergraben habe.

Du hast mich einfach zu sehr gereizt. Und nun konnte ich nur noch je einen

Gedanken fassen. Ich wollte je diese Wärme und diese Nässe ebenfalls so spüren, so wie meine Finger es durften. Ich schließe deine Beine und wie ein braves Mädchen gehst du in ein leichtes Hohlkreuz und reckst mir deinen Hintern entgegen.Ich schlüpfe aus meinen Shorts und knie mich je über deine Beine. Du bist ganz ruhig und wartest auf mich. Noch ein Mal führe ich meine Finger in die um sie zu befeuchten und reibe dann über meine mittlerweile enorme Erektion und die Haut etwas geschmeidig zu kriegen. Diese Maßnahme war genau richtig, denn als ich mich gegen dich drücke, gleite ich ohne Probleme, je ganz in dich. Deine Muskeln, die sich eng um mich schließen bringen mich um den Verstand und langsam ziehe ich mich aus dir zurück um jetzt noch Mal in deine Enge einzutauchen.Ich sehe, dass du deine Hände in das Kissen krallst und ich muss grinsen. Ich verfalle in einen stetigen Rhythmus, der dir zu gefallen scheint und gebe mich ganz dem nun Gefühl hin, wenn wir miteinander schlafen. Ich spüre, dass es bald um mich geschehen ist, doch ich bin noch nicht bereit. Ich will noch nicht, dass es zu Ende ist und ziehe mich ganz aud dir zurück. Leicht empört siehst du auf und drehst den Kopf um mich anzusehen, und dieser Ausdruck nun auf deinem

17

Gesicht ist einfach unbeschreiblich. Sanft drehe ich dich auf den Rücken und liebe den Anblick, wenn du vor lauter Lust und Verlangen gar nicht weißt, ob du die Beine für mich nun spreizen oder sie für dich zusammenpressen sollst um dir Linderung je zu verschaffen. Ich kann dem Drang nun nicht widerstehen und lehne mich zu dir hinab, halte dabei deine Schenkel mit meinen Händen offen. Ich drücke meine Lippen nun auf deine und ich kann mich jetzt kaum beherrschen, weil sich deine Haut so weich und glatt anfühlt. Ich lasse meine Zunge hervorschnellen und stupse je leicht deine Klitoris an, was dich vor Lust fast zergehen lässt. Ich beginne dich gezielt zu lecken und lasse nun meine Zunge tief zwischen deine Schamlippen entlang fahren. Ich weiß wie sehr du das magst, wenn ich dich mit

meiner Zunge verwöhne. Ich hätte
das ja immer machen können, doch
verlangte meine nun pochende Erektion enenfalls nach Linderung.

Ich beiße die Zähne aufeinander, als
du deine Zungenkünste wieder ein-
mal an mir vorführst. Ich weiß nicht,
wie du es machst, aber es macht mich
wahnsinnig und alles an das, was ich
denken kann, bist immer nur du. Erst
umschmeichelst du je leicht, meine
Perle und dann leckst du mich, nun,
unhaltsam,dass ich den Kopf verliere.

Ich dich ja so gerne berührt, doch ich fühle mich so ausgelaucht, so hilflos, dass ich mich nicht aufrichten kann. Ich bin dir erbarmungslos ausgeliefert. Ich verstehe nun meine Erregung auch nicht mehr, und stöhne sie hinaus und ich weiß, dass du je meine Lippen, am liebsten mit einem Kuss versiegelt hättest. Ich bewege meine Hüfte wie von selbst an deiner talentierten Zunge und liebe einfach das Gefühl, welches sie mir je beschert. Dann richtest du dich auf und spreizt meine Beine noch etwas weiter. Ich sehe dich nun aus halbgeschlossenen Lidern an und sehe, wie du dich dann je, zwischen meine Beine kniest, und dich dann mit einer Bewegung nun wieder in mir versenkst. Unser leises Keuchen verschmilzt zu einem Laut und balt höre ich nur noch das Klatschen, wenn Haut je auf Haut trifft, gefolgt von unseren Lustschreien. Doch nicht nur unser Keuchen verschmilzt. Nein. Auch wir werden zu einer Einheit. Bewegen uns im selben Rhythmus und spüren nun dieselben Reize. Es ist je ein wunderschönes Gefühl, mit dir zu schlafen, mein Liebling.

Du bist so verdammt eng, wenn ich dich auf diese Art je liebe. Ich kann mich kaum mehr halten, doch ich habe dich noch nicht so weit, wie ich es will.Ich reiße mich nun zusammen und stoße fester in dich, und schon an deinen Schreien erkenne ich, dass es sich je gut anfühlt.Besser, wenn nicht sogar. Ich hebe dein Becken etwas an und dringe so nur noch tiefer in dich. Außerdem weiß ich, dass ich nur so, deinen süßen Punkt je erreiche und nun immer wieder gegen ihn stoßen werde. Unnachgiebig nehme ich dich immer härter und ich weiß, dass es dir gefällt. Ich lege mir deine Beine auf die Schultern und nur nach zwei weiteren Stößen ist es nun um dich geschehen und du schreist je deinen Orgasmus ohne Scham heraus. Ein Lächeln umspielt meine Lippen, als ich mir endlich erlaube, auch meine Erlösung zu finden. Ich halte dich fest und bleibe tief in dir, als ich nun komme und dir dann einen einfachen Kuss auf deine Lippen drücke. Das Lächeln auf deinem Gesicht zeigt mir, wie zufrieden du bist und auch befriedigt worden bist, was mich un-glaublich glücklich macht.

Ich ziehe mir meine Shorts wieder an und lege mich neben dich um dich in meine Arme zu ziehen. Ich breite die Decke über uns aus, und noch bevor, ich dir einen Kuss geben kann, höre ich deine gleichmäßige Atmung und weiß, dass dich bereits der Schlaf wieder fest in deine Träume mitgenommen hat.Ich drücke dir einen lieben Kuss auf die Stirn lehne mich zurück um je einschlafen zu können.

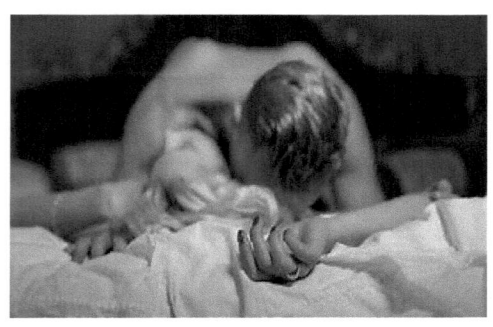

24

Ich hoffe diese kleine

Geschichte hat ihnen

gefallen....